LETTRE

SUR

LES THÉÂTRES,

A M. LE VICOMTE

DE LAROCHEFOUCAULD,

CHARGÉ DU DÉPARTEMENT DES BEAUX-ARTS.

LETTRE

SUR

LES THÉÂTRES,

À M. LE VICOMTE

DE LAROCHEFOUCAULD,

CHARGÉ DU DÉPARTEMENT DES BEAUX-ARTS.

PARIS,

AU MAGASIN DE PIÈCES DE THÉATRE,
CHEZ DUVERNOIS, LIBRAIRE,
Cour des Fontaines, n° 4, et Passage de Henri IV, n°s 10, 12
et 14.

1825.

LETTRE

SUR LES THÉÂTRES.

———◦◦◦———

MONSIEUR LE VICOMTE,

UN Journal du 4 septembre contient un article (sur le Théâtre-Français), renfermant des assertions qui méritent d'être réfutées. Comme cette feuille réfléchit ordinairement les pensées du pouvoir, que d'ailleurs l'article semble particulièrement consacré à faire l'apologie des actes de votre administration, j'ai cru que c'était à vous, M. le vicomte, qu'il convenait d'adresser, au nom des auteurs, la réponse et les réclamations que cet article a provoquées.

D'accord avec le journaliste sur les causes qui ont produit et entretiennent la décadence de l'art dramatique, je diffère avec lui sur les moyens à employer pour la restauration de cette branche si importante de notre littérature, la seule peut-être dans laquelle nous soyons sans rivaux chez les autres peuples, et par laquelle la langue française se maintient en Europe dans une honorable suprématie.

A la fin d'un article, fait du reste avec talent, je ne m'attendais pas à trouver la phrase suivante : *On abuse du droit d'écrire et d'imprimer, au point de publier que la concurrence est le seul remède à la décadence de l'art.* A coup sûr, dans tous les temps, l'émulation servit non-seulement aux progrès des arts, mais peut seule en retarder la décadence, en prévenir la chute. Sans aller chercher des exemples faciles dans la littérature ancienne, qui peut assurer que la France se fût enrichie des chefs-d'œuvre de Molière, s'il n'eut été permis à ce grand homme d'élever un théâtre rival de celui de l'hôtel de Bourgogne? et peut-être n'a-t-on dû les meilleures pièces de Vol-

(5)

taire qu'au dépit de se voir comparer Crébillon. *Les faits récens et des preuves encore vivantes donnent le démenti le plus formel à une pareille assertion*, dit l'auteur de l'article en terminant sa phrase : il sera très-facile de lui démontrer le contraire ; mais il ajoute : *Qu'a produit cette rivalité que l'on invoque plutôt en haine des priviléges que par l'amour de l'art ?* Des faits seuls, des faits incontestables vont lui répondre. D'abord, il serait permis d'établir que la formation d'un second Théâtre-Français a forcé le premier à mettre plus d'activité dans ses travaux et l'a, pour ainsi dire, pressé de l'aiguillon dans sa marche léthargique ; mais si je consens à ne pas profiter de cet avantage, du moins m'accordera-t-on que l'existence du second Théâtre n'a pu en aucune manière interrompre les études, ni diminuer les élémens de succès du premier. Celui-ci n'aurait donc pas fait paraître un plus grand nombre d'ouvrages, ni fait connaître un plus grand nombre d'auteurs. Or, je le demande, à qui MM. Lavigne et Soumet, à qui MM. Guiraud et Ancelot lui-même, et tant d'autres doivent-ils leur renommée ? n'est-ce pas au second Théâtre ? à coup sûr, sans l'Odéon, les deux premiers de ces auteurs seraient encore loin de l'enceinte, et les deux autres, loin des portes de l'Académie. Le nombre des ouvrages représentés dans le même espace de temps à chacun des deux Théâtres, peut-il être mis en comparaison, non plus que celui des hommes de lettres qui s'y sont acquis une réputation méritée? et même, quant au mérite, pourrait-on mettre *Sylla*, *Marie-Stuart*, *Pierre de Portugal*, *Clytemnestre* et *Louis IX* en parallèle avec *les Vêpres Siciliennes*, *les Machabées*, *Frédégonde*, *Saül* et *Fiesque*? Les connaisseurs ne préfèrent-ils pas *les Comédiens* à *l'Ecole des Vieillards*? N'est-on pas effrayé en songeant que tous ces ouvrages, si réellement supérieurs à ceux représentés à la Comédie-Française, n'auraient probablement jamais vu le jour, si la protection éclairée que le dernier règne accordait aux lettres n'eût satisfait aux vœux et aux besoins de notre littérature dramatique en instituant un second Théâtre-Français?

Aucune rivalité, aucune concurrence ne peuvent être dangereuses pour l'art dans le haut genre dramatique et dans la saine littérature; mais elles ont des résultats funestes et trop souvent honteux lorsqu'elles sont encouragées ou seulement tolérées dans ces genres mixtes et bâtards qui semblent croître et se multiplier dans les murs et aux portes de la capitale. Tous ces établissemens, soi-disant dramatiques, informes avortons du vrai genre, institués dans des intérêts particuliers et livrés à des bandes de spéculateurs, sont régis arbitrairement par des hommes pour qui l'intérêt de l'art n'est rien auprès du leur. Aussi chacun d'eux, pour exciter la curiosité des spectateurs, n'hésite pas à recourir aux plus tristes moyens. De là cette prodigieuse quantité de parades et de plates rapsodies qui pullulent sur nos boulevards ; de là ces productions où l'indécence et l'immoralité le disputent trop souvent à l'absurde, et pour lesquelles la censure semble avoir émoussé ses ciseaux si tranchans pour les œuvres du génie ; de là encore quelquefois ces procès et ces banqueroutes si funestes pour tant de familles. Si le chef d'un de ces salons gastronomiques, où la nécessité nous ramène chaque jour, se permettait, pour exciter l'appétit de ses hôtes, de mêler des sucs vénéneux aux mets qu'il leur présente, serait-il plus coupable aux yeux du sage que ceux qui ne craignent pas d'offrir au public qui les fait vivre, des tableaux qui rétrécissent l'esprit ou corrompent le cœur ?

Ah ! si le goût des spectacles est devenu pour la multitude un besoin qui nous reporte tristement au *panem et circenses* des Romains, du moins ne peut-on le satisfaire sans porter atteinte aux mœurs, au langage et à notre littérature ? En vain me dira-t-on qu'il faut faire des concessions au goût du siècle, qu'il faut se mettre à la portée de ses auditeurs. Raisons absurdes et bannales que des spéculateurs intrigans peuvent seuls employer et faire réussir auprès d'une autorité mal instruite ou qui dédaigne de chercher la vérité. Certainement il appartient à un public éclairé de former le goût et le talent des auteurs, et je suis tout disposé à reconnaître les jugemens de ce tribunal suprême, quoique très faillible ; mais, je le soutiens, c'est aux auteurs seuls à former le goût de la multitude qui, mal-habile à distinguer le bon du mauvais, se prononce trop souvent pour le pire.

C'est aux dépositaires du pouvoir, chargés de présider aux destinées de notre scène, qu'il appartient de la purger des obscénités qui la dégradent, et c'est en veillant à la conservation des mœurs, qu'ils préviendront la chute de l'art. N'est-ce pas une vérité trop évidente, que la corruption, qui jadis, sous la régence, prit naissance à la cour, et fit de si monstrueux progrès chez les grands, a fait aussi sa révolution, et se trouve maintenant presque entièrement descendue parmi le peuple? C'est une lèpre qui le ronge, et dont il ne peut être guéri que par des mains habiles. Pour y parvenir, on ne doit négliger aucun moyen, aucun remède, et c'est le théâtre qui, je le pense, pourrait fournir les meilleurs : oui, je ne crains pas de le dire, dussé-je encourir l'anathême, le théâtre régénéré aurait, sur une certaine partie du peuple, une influence non moins salutaire et d'aussi heureux résultats que n'en peuvent obtenir en ce moment les ministres du culte. La question me paraît assez importante pour mériter d'arrêter les regards de l'autorité; il ne lui sera pas moins glorieux de réparer le mal que de faire le bien. Si elle veut obtenir ces deux résultats, qu'elle commence par supprimer une partie de ces établissemens, véritables antres où chaque soir vont s'engloutir des masses de spectateurs, qu'on y familiarise avec le crime, l'échafaud et la la dépravation reproduite sous toutes les formes.

J'ai vu, il y a très-peu d'années, le peuple des boulevards s'attendrir aux infortunes des Machabées, des Tekeli et des Calas, et certes, cela valait mieux que de le voir trépigner de joie aux dégoûtantes parades des héros de l'Auberge des Adrets, et autres pièces non moins immorales.

Qui pourra me démontrer qu'il ne serait pas assez de sacrifier deux théâtres, au monstre du mélodrame, à la danse ou à la pantomime, et que deux autres ne suffiraient pas, destinés exclusivement à la *Comédie-Vaudeville?* Aucune capitale du Continent, même Londres, où la population est bien plus grande qu'à Paris, ne renferme un tiers autant de salles de spectacles que nous en avons en activité dans nos murs seulement; or, il n'est pas douteux que les quatre théâtres conservés se soutiendraient florissans, sans avoir recours au langage des halles, ni à ces pointes triviales et à ces équivoques grossières, qui font reconnaître dans une salle les femmes honnêtes à leur rougeur. De mauvais plaisans m'accuseront, sans doute, de vouloir ériger la scène en chaire de morale où le public viendra écouter des sermons. Pour avoir une pensée aussi ridicule,

je suis trop convaincu que la gaîté ou l'intérêt sont indispensables dans un ouvrage
pour plaire au public ; c'est un enfant qu'il
faut amuser avant de chercher à l'instruire.
Des mélodrames à grand spectacle , des pièces
féries, des pantomimes et des ballets, l'at-
tireront constamment aux deux premiers
théâtres, tandis que des vaudevilles anecto-
diques, ou des tableaux gracieux , le fixeront
aux deux autres. Il ne pourra y avoir de mé-
contens que quelques-uns de ces faiseurs de
pièces, qui ne savent pas amuser sans scan-
dale, ou faire rire sans blesser la pudeur ; et
alors on leur dira, ainsi qu'à ceux de leurs
confrères, qui trouvent Port-Royal un fort
estimable homme (1), et qui demandent pourquoi Charlemagne ne fut point surnommé *le
Grand*, on leur dira : messieurs, faites.... un
autre métier.

Me voici ramené à la question, dont je me

---

(1) Parmi nos auteurs de mélodrames, il s'en trouve qui
ont rappelé plus d'une fois la fable du Singe et du Dau-
phin :

  Notre magot prit pour ce coup
  Le nom d'un port pour un nom d'homme.

suis un peu écarté, de démontrer si la concurrence peut être utile à l'art dramatique. Je vais l'essayer, en suivant l'hypothèse que je viens d'établir, car, avant d'entreprendre le bien, il faut supprimer le mal. En conservant quatre théâtres, j'en ai fermé trois; eh bien! j'en ouvre deux autres pour la comédie. Quoi! va-t-on s'ecrier; deux nouveaux Théâtres-Français, lorsqu'il n'est pas encore décidé si Paris est assez grand pour contenir les deux qui existent déjà! Oui, deux nouveaux Théâtres, non pas avec la qualification de Français, qui ne doit plus appartenir qu'à celui de la rue Richelieu, mais avec celle de secondaires; et voici comment j'envisage leur organisation. Tous deux, placés dans des quartiers propices et opposés, autant que possible distans du Palais-Royal, joueraient la comédie, et même la tragédie et le drame. Moins heureux encore que l'O-déon, ils seraient réduits à leur propre répertoire, et je ne doute point que M. Bernard ne s'estimât fort heureux, quoi qu'il en dise, de se débarrasser, en leur faveur, de sa troupe tragique. Alors vous verriez, dans tous les genres, des sujets paraître, se former, et grandir en talens, sous les yeux d'un public bienveillant, et faire cesser cette pénurie dont on fait tant de bruit. Qu'on veuille bien se rappeler que c'est à des théâtres semblables, que nous devons une partie de nos comédiens les plus distingués, ainsi qu'un grand nombre d'ouvrages remarquables.

Cinquante-six auteurs ont demandé **un** second Théâtre-Français, et veulent, dit-on, déposer leur supplique au pied du trône pour obtenir du successeur de Louis XVIII la même faveur que leur avait accordée ce monarque éclairé. Un plus grand nombre d'auteurs forment le même vœu sans l'avoir encore exprimé. Pourquoi leur fermer le champ où ils veulent courir? Pourquoi vouloir enchaîner cette généreuse ardeur de gloire qui ne prend sa source que dans les belles âmes? Est-il, durant la paix, une carrière plus honorable que celle des lettres? En est-il une qui ait donné plus d'éclat à notre littérature et plus de grands hommes à la France que celle du théâtre? Si notre époque n'offre point de génies supérieurs, du moins compte-t-elle un grand nombre d'auteurs qui eussent fait honneur à tous les siècles. Et qui sait si, au milieu de cette noble émulation, de cette vaste lutte de talens qu'établiraient deux théâtres rivaux , nous ne verrions point éclore de nouveaux chefs-d'œuvre? Les mœurs ont changé depuis le dernier siècle ; les ridicules , pour s'être réfugiés dans la classe moyenne de la société , n'en sont que plus nombreux. M. Picard nous a appris ce qu'on pouvait faire en les attaquant, et peut-être il ne manque à un nouveau Molière qu'un champ libre pour se faire connaître.

D'ailleurs, hors les ouvrages de mœurs et de caractères, il est encore des genres avoués par le goût, qui peuvent offrir aux hommes de lettres une carrière immense à parcourir. Marivaux, avec de l'esprit et une connaissance parfaite de la scène, a pris rang parmi nos auteurs dramatiques, parce qu'il sut amuser ses auditeurs. Récemment deux jeunes auteurs y ont réussi avec plus de bonheur, quoiqu'avec moins d'esprit. Parmi le grand nombre de disciples de Thalie qui se pressent autour de ses temples, il s'en trouvera sans doute qui, ramenant sur la scène une aimable gaîté, rendront les Français à leur caractère, et dérideront le front de ce siècle qui semble craindre en riant de compromettre sa réputation de penseur et de philosophe.

Il est un autre moyen d'élargir , pour les

auteurs dramatiques , le chemin qui conduit au temple de la renommée. Un nouveau genre littéraire fait la gloire et les délices de nos voisins : malgré les anathêmes que lancent sur lui les immobiles de la littérature, malgré les traits du ridicule que lui ont attirés certains hommes, véritables harpies littéraires qui souillent tout ce qu'ils touchent, ce genre fait chaque jour des progrès en France; il a pris place au Parnasse, et l'Académie elle-même l'adopte en détail tout en le proscrivant en masse. C'est une nouvelle mine d'où l'on peut tirer d'abondantes richesses. On est disposé à accueillir avec transport au théâtre toutes les innovations qui ne choqueraient pas le goût si exquis de notre public. Ce nouveau genre , en s'introduisant sur notre scène , satisferait à la fois le besoin de nouveauté qui est dans tous les esprits , et enrichirait notre littérature dramatique en l'ornant d'un nouveau lustre. Que l'autorité ouvre donc la lice et elle sera admise à prendre sa part de gloire quand viendra l'heure du succès.

Mais peut - être craint - elle qu'une plus grande multiplicité d'ouvrages dramatiques n'amenât un plus grand relâchement dans les mœurs ou dans les pratiques religieuses; mais l'espoir d'un résultat contraire serait mille fois plus fondé que cette crainte. D'abord en supprimant trois théâtres pour en instituer deux, il n'y aurait de plus grand en nombre que celui des bons ouvrages : ensuite on a pu voir à Louvois comme à l'Odéon, si la morale avait à rougir des pièces accueillies favorablement sur ces deux théâtres. S'il arrivait quelquefois qu'un ouvrage entaché de pensées contraires aux mœurs, se faisait jour à travers la triple enceinte des examinateurs, des jurés dramatiques et des censeurs, ce n'était que pour venir expirer sous les sifflets vengeurs d'un public dont le goût est bien autrement chatouilleux que ne l'était celui des spectateurs au temps des Dancourt et des Regnard (1).

L'autorité n'aurait donc rien à redouter des suites de la formation de deux théâtres

____

(1) Dernièrement encore, à la première représentation de *Lord Davenant*, le public, pour quelques mots équivoques, a sifflé *Crispin rival de son Maître*, chef-d'œuvre comique de Lesage, et sans contredit une des pièces les plus spirituelles et les mieux intriguées que nous ayons au théâtre.

destinés à perfectionner le langage et à soutenir l'art dramatique en France. Aucun mo-
tif ne peut donc l'empêcher de se rendre aux
vœux des hommes de lettres et de la littérature entière, à moins qu'elle n'appréhende
qu'une nouvelle arène ouverte aux auteurs,
faisant éclore des talens nouveaux, il ne
devint trop onéreux pour la munificence
royale, toujours inépuisable, de les encou-
rager. Mais le gouvernement sait trop bien
que, dans tous les temps, les sciences et les
arts furent l'ornement, la gloire et le plus
ferme appui du souverain qui sut les protéger;
qu'un règne n'est illustre que par le nombre
de ses grands hommes, et que récompenser
le mérite fut toujours le plus bel apanage du
trône.

Après avoir démontré que l'érection des
nouveaux théâtres, loin de nuire aux intérêts
de l'art dramatique, pouvait seule lui rendre
son éclat, ou du moins prévenir sa décadence
complète, il me reste à prouver qu'elle n'aurait pas un résultat moins avantageux pour
la Comédie-Française. Tous les vœux, tous
les efforts des hommes de lettres et de l'autorité doivent se réunir pour concourir à la
prospérité de cette société si recommandable

2

par les nombreux services qu'elle a rendus à notre littérature. Monument glorieux qui nous fut légué par le grand siècle, pour nous transmettre d'âge en âge les œuvres du génie, elle a su remplir cette honorable mission; elle a traversé les règnes, les temps et les révolutions, et s'est perpétuée jusqu'à nous au bruit des bravos de l'Europe entière, entourée de la gloire des Molière, des Corneille, des Racine, et n'opposant aux traits de l'envie, aux fureurs des partis que l'ascendant de ces noms illustres.

Dans ce siècle, où la haine des priviléges excite, chez certaines gens, des cris de fureur contre tout ce qui en rappelle l'existence, notre Théâtre-Français a dû trouver des détracteurs prêts à attaquer ses institutions les plus sages. S'appuyant de la présence de quelques abus que le temps avait introduits dans les réglemens, et qu'une autorité ferme et éclairée eût fait disparaître, ils ont rempli les feuilles publiques de leurs récriminations. Quelques auteurs, blessés dans leur amour-propre, ou ayant à se plaindre de l'inertie des comédiens, se sont joints à leurs ennemis et en ont entraîné un plus grand nombre. Toujours prêt à écouter les réclamations des hommes de lettres, Louis XVIII accueillit leur demande, et, la pesant dans sa sagesse, reconnut la nécessité d'instituer un second Théâtre-Français. Tout était bien jusques-là ; mais le monarque n'avait pas prévu, sans doute, qu'un acte de sa munificence royale donnerait lieu à une mesure injuste par elle-même. La Comédie-Française se vit dépouiller arbitrairement du droit exclusif de représenter les chefs-d'œuvre des grands maîtres, droit inhérent à son existence, mérité par ses services, et dont on ne pouvait lui reprocher que le trop fréquent usage. Son répertoire usé et prodigué sur deux affiches, sans rouler sur un rayon plus étendu, ne fit qu'épuiser davantage la curiosité publique et produisit bientôt l'indifférence. Ainsi, ce fut sans fruit qu'une injustice fut commise ; elle vient, enfin, d'être réparée : honneur à l'autorité protectrice qui a présidé à cette réforme salutaire !

Il s'en faut que les cinquante-six auteurs qui demandent un second théâtre, désirent le voir servir à reproduire les chefs-d'œuvre de Molière et de Racine ; la gloire de ces deux grands hommes n'en a pas besoin, et le public, qui sait leurs ouvrages par cœur, n'ira les voir

représenter qu'alors qu'ils le seront digne-
ment, ou qu'un acteur y atteindra la perfection. Que la Comédie-Française reste donc à jamais dépositaire de ces précieux monumens de
notre gloire littéraire, et que, pour ne pas diminuer les représentations des pièces ancien-
nes, elles continuent à lui appartenir entièrement (1), tandis qu'une autorité vraiment
généreuse s'occupe d'assurer pour toujours
la propriété des productions nouvelles aux
auteurs qui, trop souvent, ne lèguent à leurs
fils que la gloire de leur nom (2).

---

(1) Mais si les comédiens français conservent le droit
de représenter, sans rétribution, les ouvrages des auteurs
morts depuis dix ans, au moins doivent-ils regarder comme
un devoir sacré de payer à la mémoire de ces auteurs un
tribut de reconnaissance quand on leur en fournit l'occa-
sion. Il y a deux ans qu'un petit-fils de Racine adressa au
comité de la Comédie-Française une pétition pour en obtenir ses entrées. Eh bien ! le croirait-on ? les comédiens
n'ont pas seulement daigné répondre à sa demande, tandis que le ministre de la maison du Roi, MM. de Gimel et
Bernard l'ont accueillie avec empressement. M. de L... peut
la renouveler maintenant, sans craindre le même résultat ; la justice et l'urbanité sont entrées au Théâtre-Français avec de M. de Taylor.

(2) Est-il en effet une propriété plus noblement acquise

Le Théâtre-Français, restant seul propriétaire du grand répertoire, n'a donc plus à
craindre ni concurrence, ni rivalité. Ainsi,
les nouveaux théâtres ne pourraient, sous
ce rapport, nuire à ses intérêts, ni porter
ombrage à sa suprématie.

De son côté, le directeur de l'Odéon, tout
radieux d'avoir trouvé à qui céder sa troupe
tragique, soutiendrait son théâtre avec sa
comédie, soutenue à son tour par l'Opéra.
Du haut de cet échafaudage, trompant à la
fois tous les calculs de l'expérience par la
hardiesse de son sistème, M. Bernard, en
administrateur consommé, arriverait infail-
liblement à la fortune, ayant su trouver le
moyen si admirable, et trop peu connu; de
s'enrichir de ses pertes, de grandir parmi les
désastres et, semblable à la colonne de Bos-
suet, de s'élever au milieu du temple ruineux.
Ce directeur, aussi expérimenté qu'habile,
n'a pas été long-temps à s'apercevoir d'une

---

et qui doive être plus inviolable que celle des œuvres du
génie? Honneur cent fois à celui qui parviendra à l'assurer
dans la famille des auteurs, sans travailler pour la gent
avide des libraires.

vérité qui avait échappé au ministère, dont il reçut ses pouvoirs; c'est qu'il est impossible que deux genres opposés se soutiennent rivaux sur un même théâtre. L'un doit nécessairement écraser l'autre, et c'est ce qui est arrivé. Mais peut-on supposer que les acteurs distingués que comptait l'Odéon, se soient vus, sans amertume, éclipsés par un genre intrus sur une scène qu'ils étaient accoutumés à regarder comme leur domaine ? Malgré leur zèle et leurs travaux, ils voyaient leur salle se remplir tumultueusement durant la représentation des chefs-d'œuvre, et le public bâiller devant eux en attendant l'opéra qui l'avait attiré. Ils voyaient des sujets dont tout le mérite est de s'être éveillés avec un certain volume de voix, et d'avoir quelque temps filé des sons, mieux rétribués qu'eux, leur enlever les bravos en parodiant l'art du comédien dans des ouvrages où le sens commun lui-même était parodié. L'amour-propre soutient seul les artistes; c'est le mobile, le lévier qui les fait agir; lorsqu'il est constamment froissé, humilié, le dégoût les saisit, leur courage s'enfuit, et ce n'est plus que le besoin qui les fait exercer leur art. Or, quels progrès, quels

efforts doit-on attendre du comédien qui ne
travaille que pour sa paie ? J'en conclus que
l'Odéon ne ponvait être à la fois second
Théâtre-Français et second Théâtre-Faydeau,
et que, puisque le dernier genre l'emporte,
il ne doit conserver dans ses intérêts qu'une
comédie accessoire.

Il ne suffit pas d'avoir établi que les nouveaux théâtres à instituer ne nuiraient à
la Comedie-Française, ni à l'Odéon, il faut
encore faire sentir les immenses avantages
qu'ils offriraient à la première. Quant aux
services qu'ils rendraent à l'art dramatique, tout le monde en est convaincu. Où
se recrutera désormais le Théâtre-Français ?
sera-ce à Paris ? mais il vient d'épuiser la
seule ressource qui lui eût été ménagée. Sera-ce en province ? mais il est trop reconnu
qu'elle n'alimente plus que les théâtres chan-
tans. Il faut avoir bien peu d'expérience, ou
une bien fausse connaissance de l'état de la
scène dans les départemens, pour vouloir
prouver la décadence de l'art pratique, en
disant que *nous avons dix fois plus de comédiens, dix fois plus de théâtres en province,
qu'au temps du grand siècle.* Il est vrai qu'il
s'y trouve dix fois plus de théâtres, mais en

même temps dix fois moins de comédiens ; car Thalie n'a pas de temple où elle règne en souveraine, et Melpomène, pas un seul où elle soit représentée. Les choses y sont au point que notre grand tragédien est obligé d'emmener avec lui dans ses courses départementales au moins deux sujets, encore souvent lui donne-t-on une *basse-taille* pour *Narcisse*, et pour *Pilade* un *tenor*. Le monstre du genre lyrique a tout envahi. A qui la faute ? au mauvais goût qui se propage si rapidement lorsqu'il ne rencontre pas d'obstacles, ou bien plutôt à l'autorité qui a négligé de lui opposer des barrières !

Ouvrez donc à Paris un champ où les comédiens puissent s'exercer librement dans leur art, et vous en verrez naître sous vos pas ; ils accourront de toutes parts des extrémités de l'Europe et du monde même où ils ont été forcés de s'exiler ; alors la Comédie-Française pourra se recruter encore.

A présent que les préjugés se sont affaiblis et que l'estime publique accompagne sur le théâtre l'artiste qui la mérite, on trouvera dans toutes les classes de la société des sujets disposés à faire tous leurs efforts pour reconnaître la protection de l'autorité.

Si des deux théâtres nouveaux un seul peut compléter présentement sa troupe dans les deux genres, que l'autre, formé sur un cadre moins grand, soit d'abord destiné à exercer les élèves de l'Ecole de déclamation. Le nombre en est, dit-on, très-faible en ce moment. La cause en est dans le vice radical de cet établissement. On l'a souvent répété, jamais la théorie ne fera un comédien, et messieurs les professeurs ne peuvent se vanter d'en avoir formé un seul qui ne le fût devenu sans eux.

On aurait ainsi un Théâtre de Jeunes Artistes pareil à celui qui a formé tant de sujets précieux et qu'un décret du despotisme supprima en 1808 d'une manière aussi injuste qu'arbitraire.

L'Ecole de déclamation renferme dans son sein une salle de spectale construite à grands frais et devenue inutile. Pourquoi ne pas la consacrer à former ses élèves? Que, si l'emplacement était jugé trop voisin des grands théâtres, j'en indiquerai un autre peu éloigné quoique *extra muros*, où l'on aurait un public sans nuire aux intérêts des autres administrations. Je veux parler du théâtre connu sous le nom de *Jeunes Elèves*, et situé près de la barrière Montmartre. Institué dans l'intérêt d'un seul, et n'ayant, comme toutes les spéculations particulières, rien produit pour l'art, il aurait dû être rejeté dès long-temps (1) loin des portes de la capitale, où il est plutôt toléré qu'autorisé.

Les jeunes artistes, installés dans cette nouvelle succursale des muses, continueraient à jouer tous les répertoires, à s'exercer dans tous les genres, tout en donnant des nouveautés; car créer des rôles est pour le comédien le seul moyen d'atteindre à la perfection de son art. Ce théâtre se soutiendrait sans rien coûter au gouvernement, et parviendrait sans doute à l'indemniser en partie des frais considérables que lui coûte son Ecole de musique. Ainsi double avantage pour l'art, d'une part, et de l'autre pour le gouvernement.

Le théâtre secondaire, institué plus parti-

______

(1) Qui peut douter que M. S...., seul propriétaire et directeur de ce théâtre, ne s'estimât fort heureux de le céder au gouvernement, moyennant une indemnité, si on lui accordait le privilége de continuer à exploiter à son profit, durant plusieurs années, son théâtre du Mont-Parnasse, ainsi que plusieurs autres qui sont sous sa direction ?

culièrement en faveur des auteurs, se soutiendrait par eux. C'est là que viendraient se
perfectionner, sous les yeux d'un public éclairé,
les premiers sujets de province et du Théâtre
des Jeunes Artistes. En lui accordant une lé-
gère subvention, moindre que les économies
faites sur l'Odéon, l'autorité conserverait le
droit de puiser chaque année dans le sein du
Théâtre secondaire, pour réparer les pertes
que ferait la Comédie-Française. Celle-ci ne
pourrait donc voir qu'avec intérêt s'élever
deux théâtres, qui seraient une filière à travers laquelle il faudrait passer pour arriver
jusqu'à elle.

Mais, dira-t-on, comment la Comédie-Française pourra-t-elle se recruter dans un théâtre
où son répertoire serait inconnu, et où, par
conséquent, l'on ne saurait point porter l'habit
brodé, talent très-essentiel et qui ne s'acquiert
que par l'habitude? Cette objection est très-
juste et doit se présenter d'abord à tous les
esprits; il faut les prévenir.

Actuellement que le but utile du Théâtre
secondaire est bien établi, je ne doute pas que
l'Autorité et la Comédie - Française elle-
même, dans son propre intérêt, ne soient dis-
posées à m'accorder la concession que je vais

leur demander en sa faveur. Elle se réduit à obtenir à son profit la surabondance de richesses, le trop plein de sa métropole, à lui permettre enfin la jouissance des pièces qui seraient demeurées deux ou quatre ans sans être représentées au Théâtre Richelieu ; encore j'excepte de ce nombre celles de Molière, de Regnard et de tous les auteurs du grand siècle. Quant aux tragédies, elles demeureraient inviolablement annexées aux droits des comédiens français.

Il ne reste plus que l'objection portant sur ce qu'un débutant arriverait à la Comédie-Française sans se trouver au courant du grand répertoire. Mais, en supposant qu'il ne l'eût point appris avant d'entrer au Théâtre secondaire, il aurait toujours assez de temps pour le faire pendant les deux premières années qui suivraient son admission aux Français, et qui d'ordinaire sont très-peu actives pour un pensionnaire. N'a-t-on pas vu d'ailleurs, à ce dernier théâtre, des acteurs nouveaux, ne sachant que leurs rôles de débuts, s'y soutenir cependant avec avantage et devenir rapidement sociétaires ? les exemples en sont encore récens.

Si j'ai insisté sur la suppression de trois

petits théâtres, c'est que je suis persuadé que cette mesure serait utile à l'art, et qu'elle est praticable sans blesser les droits de personne. Pour la mettre à exécution il faut du temps et une volonté ferme. L'autorité doit d'abord se proposer pour règle dans sa conduite cette maxime : *que l'intérêt particulier doit toujours céder à l'intérêt général.* Ainsi donc, lorsqu'elle aura pris une décision, elle devra fermer l'oreille à toutes réclamations partielles, et marcher continuellement vers son but. Il est entre ses mains mille moyens de parvenir, sans la moindre injustice, à la suppression que je demande. Il faudrait, avant tout, faire rentrer chaque théâtre dans les limites de son privilége, veiller sévèrement à ce qu'il ne s'en écartât plus, et ensuite de bannir de son répertoire tous les ouvrages où la morale et la décence ne seraient pas respectées; alors on verrait plusieurs de ces établissemens livrés à eux-mêmes, être abandonnés peu à peu par le public qui les avait soutenus, et se trouver réduits à confondre leur existence pour s'en assurer une réelle. Qui doute que l'ex-Gymnase ne se vît incessamment contraint de tendre les mains au théâtre de la rue de

Chartres, qu'il a tant humilié, et qu'on lui a si injustement sacrifié?

Toutefois la suppression de trois, ou même d'un seul de ces établissemens qui dégradent notre scène, ne serait pas indispensable, afin que le Théâtre secondaire s'élevât florissant pour la gloire de l'art.

Il reste sans doute beaucoup à dire encore afin de rendre plus évidens l'utilité et le besoin pour l'art dramatique des deux Théâtres dont j'ai demandé l'organisation. Tous les intérêts se réunissent en leur faveur, et nul ne serait lésé par leur institution. Que le noble vicomte, chargé du département des beaux arts, veuille bien peser dans sa sagesse les raisons que je viens d'avoir l'honneur de lui soumettre, peut-être y trouvera-t-il quelque vérité digne d'être recueillie. Il y reconnaîtra du moins l'expression sincère d'un homme de lettres qui désire vivement voir soustraire notre scène au sort futur qui la menace, et voir en même temps les auteurs protégés et satisfaits, se réunir près du trône pour concourir à sa gloire.

De quel autre que d'un Larochefoucauld notre littérature doit-elle attendre une pro-

tection plus éclatante ? à quel autre appar-
tenait-il mieux d'être à la fois le réformateur
et le restaurateur de notre scène ? Que d'une
main il oppose donc une barrière insurmon-
table au mauvais goût qui menace de tout
envahir, et que de l'autre il ouvre la lice aux
nombreux talens qui se pressent pour y entrer,
alors le théâtre régénéré lui devra sa splen-
deur, et la gloire d'un nom illustre recevra
un nouvel éclat. M. le vicomte n'a qu'à continuer ainsi qu'il a commencé ; ses prédé-
cesseurs lui ont légué de bonnes intentions
et l'expérience du mal ; il a déjà acquis celle
du bien.

Le premier Théâtre restauré (1), le droit des
auteurs à la veille d'être rendu imprescrip-
tible, sont des faits qui bientôt pourront
confondre les bruits absurdes que répand la
calomnie. Jusqu'à présent, tout ce qui a été
fait est bien ; mais nous n'avons vu, sans doute,
que le commencement d'exécution d'un grand

______

(1) Le vice essentiel de ce bel édifice est de ne reposer
que sur deux colonnes qui, tout admirables qu'elles sont,
nuisent à son ensemble.

projet, dont les mesures que j'ai indiquées doivent être la conséquence et le complément. Trop heureux si je n'ai fait que pressentir les intentions de l'autorité, je serai le premier à honorer ses actes.

Et combien ne serait-il point glorieux pour l'homme d'état placé auprès du trône, de n'user de son crédit et de son influence que pour l'intérêt des mœurs et la prospérité des lettres? On voudrait en vain se le dissimuler, faute d'encouragemens, faute d'appuis, la littérature languit et dégénère, ceux qui étaient nés peut-être pour la cultiver avec gloire, obligés qu'ils sont d'abandonner le genre pour lequel la nature elle-même semblait les avoir formés, se voient accablés de dégoûts et contraints de subir le joug toujours pesant et quelquefois honteux d'avides spéculateurs.

Mais au milieu de cet état, quelque déplorable qu'il puisse être, l'espérance ne les a pas abandonnés, leurs regards sont sans cesse tournés vers celui qui d'un mot peut combler leurs vœux, les rappeler à leur vocation primitive, et, nouveau Mécène, faire refleurir la littérature dont la reconnaissance consacre tou-

jours à l'immortalité le nom de ses protec=
teurs. Cette tâche d'ailleurs serait aussi facile
qu'honorable auprès d'un monarque ami des
arts, qui, en montant sur le trône, promit de
protéger les lettres et qui déjà dans plus d'une
circonstance a prouvé qu'il se souvenait de sa
parole. Se confiant toujonrs en elle., les auteurs, dans la situation critique où se trouve
notre scène, en attendent les plus heureux
résultats; ils savent que, pour soutenir notre
gloire littéraire et l'art chéri des Français,
ou doit tout espérer de Charles X et des Bour-
bons.

Détruire est le talent du vulgaire des rois;
Créer et conserver, c'est l'œuvre du génie.

FIN.

De l'Impr. de CHAIGNIEAU fils aîné,
rue de la Monnaie, n° 11, à Paris.

www.ingramcontent.com/pod-product-compliance
Lightning Source LLC
LaVergne TN
LVHW021653170726
843501LV00007B/2527